Quelques Tranches

De

Vie

Découpées
& Présentées
par

Bac
Couturier, Guillaume
Guydo, Léandre
Lourdey, Malteste
Noury, Simonaire
etc, etc.

Paris
G. Charpentier & E. Fasquelle, Éditeurs,
11, Rue de Grenelle.
1896

QUELQUES
TRANCHES DE VIE

QUELQUES
TRANCHES DE VIE

DÉCOUPÉES ET PRÉSENTÉES

PAR

BAC

COUTURIER — GUILLAUME — GUYDO
LÉANDRE — LOURDEY — MALTESTE
NOURY — SIMONAIRE

ETC., ETC.

SUITE DE COMPOSITIONS REPRODUITES EN COULEURS
avec un Éventail hors texte, aquarelle de BAC

PARIS

G. CHARPENTIER & E. FASQUELLE, ÉDITEURS

11, RUE DE GRENELLE, 11

1896

-- Quand trouve-t-on Madame ?
— Ça, je ne sais pas, mais moi on me trouvera quand l'on voudra.

DESSIN DE **BAC.**

Chouette!..... je suis anémique.

DESSIN DE **C. LÉANDRE**

— Enfin, ton mari sait tout ?
— Que m'importe... tu me feras respecter, j'espère...

DESSIN DE **SIMONAIRE.**

— Vous êtes lugubre ! . . .
— On le serait à moins . . ., ma femme se met à m'aimer !

DESSIN DE **BAC.**

— C'est drôle, je ne reconnais pas ta mère...
— Ah ! ne m'en parle pas, ma chère, elle était devenue tellement exigeante que j'ai dû en changer...

DESSIN DE **LOURDEY**.

VOIX AU LOIN. — ... Alors quel jour peut-on se présenter pour encaisser ?
— Voyons, mademoiselle, je n'entends rien, la communication est si mal établie..
J'aime mieux y renoncer.

DESSIN DE **SIMONAIRE.**

— Dis donc..., viens nous reposer...

DESSIN DE **BAC.**

Posa pour M. Ingres — rendit dans sa jeunesse beaucoup de services aux artistes.

DESSIN DE **LÉANDRE**

— Il n'aurait pas pu attendre qu'il soit rentré.

DESSIN DE **SIMONAIRE.**

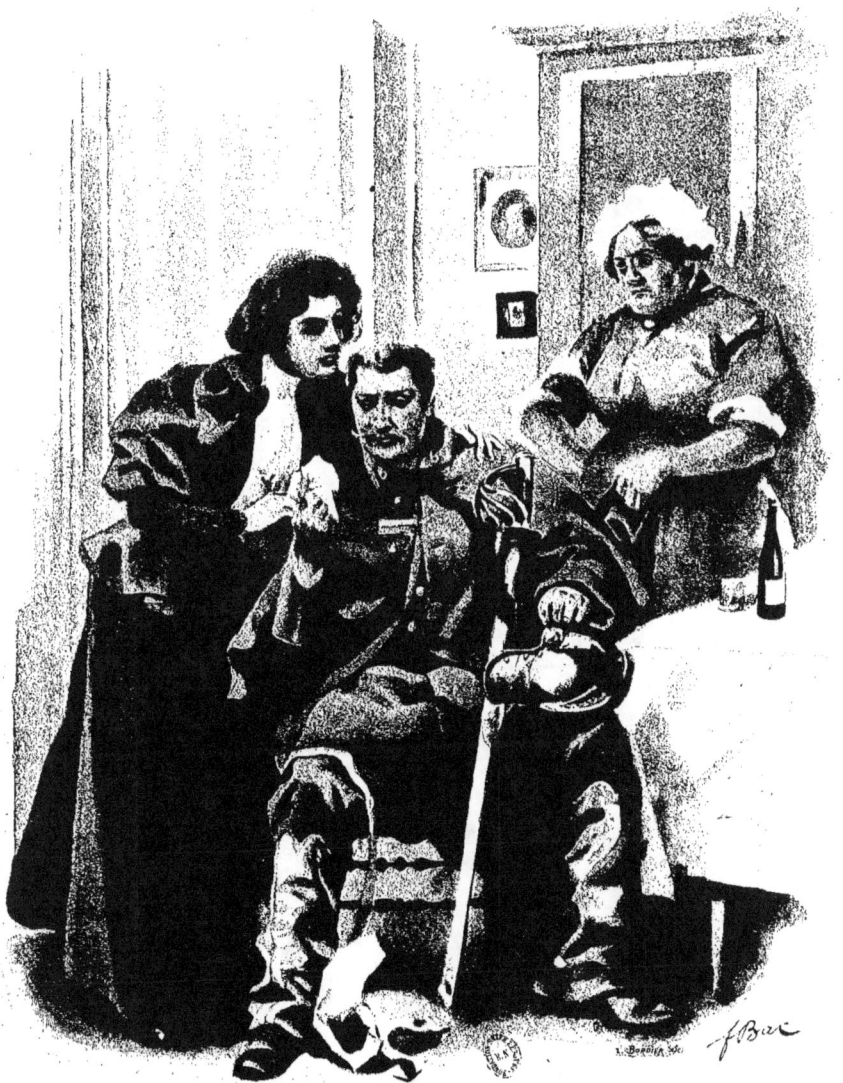

— Désirez-vous autre chose, mon ami ?
— Oui, ...,vous n'auriez pas une autre bonne ?

DESSIN DE **BAC.**

C'que j'vais être chouette pour la « grande semaine » du Grand-Prix !!!

DESSIN DE **LOURDEY.**

— Tu sais, si tu ne m'aides pas pour la vaisselle, je ne pourrai jamais poser ta LÉDA aujourd'hui.

DESSIN DE **Louis MALTESTE**

— Si vous en voulez une, femme de chambre, voilà ma carte.....

DESSIN DE BAC.

— C' qu'y a encore de mieux, vois-tu, c'est d' suivre les bons cigares !

DESSIN DE **GUILLAUME**

— Oh ! moi, vous savez, je deviens très sérieux.
— Je n'en doute pas ... surtout après ce que vous venez de me proposer.

DESSIN DE **LOURDEY.**

Quelques Tranches de Vie   Cet éventail ne doit pas être vendu séparément

LA PETITE DAME. (*Crise de nerfs*).....
LE VIEUX SERVITEUR. (*Flacon de sel*) — Madame a été maladroite avec M. le comte... Il se fâche
chaque fois qu'on l'appelle imbécile devant moi ....

DESSIN DE **BAC.**

Mes chers parents,
Je mé la main à la plume...
J' vas vous expédié ma photographie quel vous fera cônêtre ma position présentement. O m'a rin couté qu'eune tourné. — Ils ont enfin trouvai, — eune veste quel cergent y dit qui dit quo'mallait côme un gant. — Mes y a un bouton qui manque. — Si que vous auras vendu la bête chevaline, je vous demandré en grâce eune pièce de 6 francs qui me manque...

DESSIN DE **LÉANDRE.**

— Si je marche dans l'ordure, je ne m'inquiète pas si je l'ai écrasée !

DESSIN DE **COUTURIER**

— Madame dit comme ça, qu'on ne peut toucher que le soir.

DESSIN DE **BAC.**

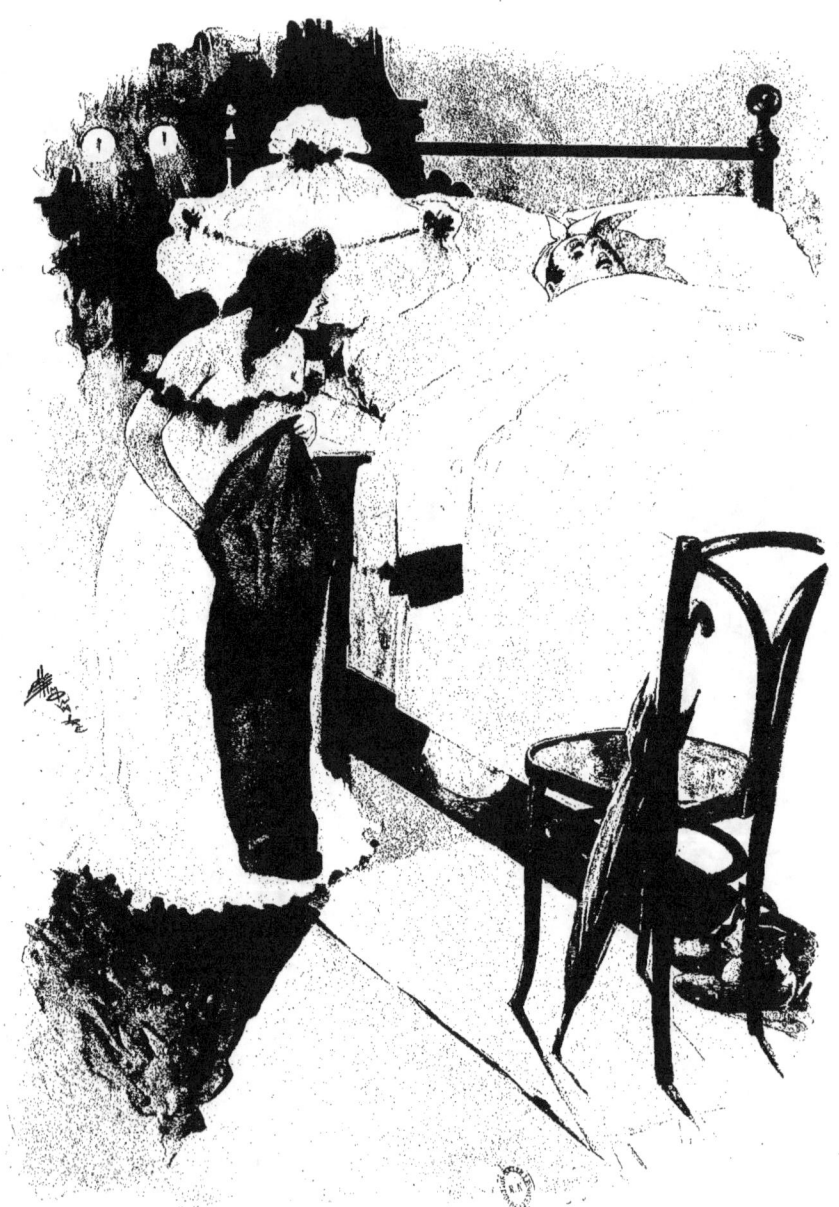

— Heureusement qu'on ne nous applique pas la loi sur le travail de nuit !

DESSIN DE **SIMONAIRE.**

— Tiens ! Cette femme n'a que quatre doigts !...
— Chéret se sera mis le cinquième dans l'œil.

DESSIN DE **G. NOURY.**

MUNIFICENCE

— Vois-tu, mon vieux colon, des gonzesses comme ça, ça vous mange des dix francs par jour !...

DESSIN DE **LOURDEY.**